Ciconia

*Une aventure
de Vicky Van Halen
et du commissaire Janvier*

Manuel Mereb

© 2016, Manuel Mereb
Éditeur : BoD – Books on Demand
12/14 rond-point des Champs Elysés, 75008 Paris
Impression : BoD – Books on Demand, Allemagne

ISBN : 9782322094639

Dépôt légal : Juin 2016

1

Le téléphone sonnait depuis deux bonnes minutes avant qu'il ne se décide à décrocher. Le réveil affichait quatre heures du matin, et Alexandre Janvier savait d'expérience que son téléphone ne sonnait que pour lui apporter des mauvaises nouvelles, mais qu'au milieu de la nuit c'en était forcément une très très mauvaise. Il était donc resté allongé quelques instants dans le noir, partagé entre le pressentiment de futures emmerdes et la saveur tiède des derniers instants de calme.

– Allo. Janvier à l'appareil.

– Commissaire ? Navré de vous déranger. On a un problème.

Silence. Janvier baillait.

– Qui n'en a pas ? À part les morts je veux dire...

– Justement commissaire, le client dont je vous parle a été délesté de tous ses problèmes, et plutôt brutalement je dois dire... Et aussi du bras gauche. C'est un véritable carnage ici...

Janvier souleva un sourcil. Un bras manquant ça sortait de l'ordinaire, même dans son service.

— C'est pas tout commissaire, vous feriez mieux d'enfiler vos bottes fissa : la victime est un gosse.

Là on y était pour de bon. Un mineur assassiné avec un bras en moins, ça sentait les ennuis à plein nez. Les médias allaient s'en donner à cœur joie, le préfet allait péter un câble, et lui, avec sa carrière en dents de scie, risquait fort d'en faire les frais au moindre faux pas. Et les faux pas, Alexandre Janvier connaissait bien.

Proche de la retraite, il avait conscience d'avoir souvent trébuché dans sa vie. Souvent la faute à un destin contraire, mais souvent la sienne aussi fallait reconnaître. En s'habillant, il gratta la petite cicatrice qu'il portait sur la poitrine : souvenir d'un soir où, ayant négligé de prévenir son équipe qu'il était déjà sur le lieu d'intervention, il s'était fait tirer dessus par ses propres gars... Le voleur s'était enfui et lui avait failli y passer. L'avenir, pour le commissaire Janvier, c'était du rab. Et pas du meilleur. Les jeunes flics, envieux de sa place de commissaire et pressés de sacrifier leurs vies sur l'autel de l'ordre public, critiquaient sa soi-disant inertie et ses méthodes d'un autre âge, mais Janvier faisait comme s'il ne voyait rien tant que ça n'allait pas trop loin. Il s'en fichait d'arrêter les criminels, « Vous voulez vous entretuer, vous voler, vous trahir, bousiller vos vies ? Mais allez-y ! Faites-vous plaisir ! Mais venez surtout pas faire chier ». Alexandre Janvier était peut-être usé jusqu'à la corde, certes, mais fallait pas l'emmerder.

L'un des rares trucs qui éveillait un semblant d'émotion chez lui était sa vieille BMW de 1968, un modèle 1600 GT, ancien certes mais parfaitement entretenu. Il la bichonnait sur ses week-ends, changeait lui-même les pièces quand c'était nécessaire, et en gros on pourrait dire qu'elle était sa plus proche famille. Il aimait la ligne de sa carrosserie, l'odeur de ses sièges en cuir, le bruit de sa mécanique... Aussi fut-il particulièrement contrarié, en tournant la clé dans le contact, de voir que le moteur restait parfaitement silencieux. Il donnait un coup de poing sur le tableau de bord en jurant lorsqu'il découvrit, en levant des yeux incrédules, une imposante chiure de volatile sur son pare-brise.

2

L'inspectrice Muriel Girardin était particulièrement fière d'elle ce soir-là en raccrochant le combiné. Malgré son jeune âge et son manque d'expérience, elle avait géré la crise sans faillir. L'horreur de la scène de crime l'avait un instant ébranlée mais elle s'était vite ressaisie et avait appliqué les consignes à la lettre. En passant le relais au commissaire Janvier, son supérieur, elle avait le sentiment du devoir accompli. Le terrain était balisé, prêt pour l'équipe technique dont le véhicule se garait à l'instant. Elle entretenait un petit béguin pour Vicky Van Halen, la légiste du CHU qui sortait juste de la voiture avec son matériel, et tentait vainement de se remémorer la prochaine étape du manuel. Il faut dire que le docteur Van Halen avait un physique peu banal, bâti tout en muscles, et malgré sa petite taille elle en imposait. Du sang asiatique venu de sa mère japonaise métissait agréablement son visage, et donnait à son corps d'athlète la touche de charme nécessaire. Tout en enfilant sa combinaison, elle salua l'inspectrice d'un clin d'œil :

– Salut Muriel, le commissaire n'est pas là ?

– Il arrive. Viens je vais te montrer, c'est par ici, dit-elle en la prenant par le bras.

Le cadavre avait été retrouvé dans une ruelle, à l'arrière d'une grande benne à ordures. Le sol était jonché de sacs poubelle et de détritus. Le corps reposait de guingois sur une pile de déchets indéterminés qui s'entassaient contre la paroi du mur.

– Wow, fit Van Halen, en éclairant la scène de sa torche.

Fallait reconnaître que c'était pas très beau à voir. Il y avait du sang pas encore tout à fait coagulé en grande quantité, la victime s'étant clairement vidée de son sang par la déchirure de l'épaule. Les chairs déchiquetées étaient parfaitement visibles, mais le bras manquait définitivement à l'appel. Si le visage, tourné sur le côté, se cachait dans l'ombre, on distinguait en revanche de nombreuses blessures à travers les vêtements en lambeaux et une grosse tâche sombre au niveau de la poitrine. La légiste avait installé des projecteurs et mitraillait la scène. Dans la lumière froide des néons, l'inspectrice regardait avec admiration sa collègue travailler.

– Tu lui donnes quel âge à vue de nez ? Quinze ans ?

– Hum difficile à dire comme ça mais oui, d'après la taille, on pourrait dire entre treize et seize ans...

Van Halen s'approchait maintenant du corps, pour effectuer quelques prélèvements.

— Il porte un genre de petit sac en bandoulière, observa-t-elle.

— Ouvre, répondit Girardin, on aura peut-être son identité.

Avec précautions, Vicky Van Halen extirpa du sac un porte-monnaie, des clés et quelques autres objets.

— David Gomez, quatorze ans, d'origine espagnole, dit-elle en refermant le porte-monnaie, il y a l'adresse aussi.

— Pas la peine, le père a signalé sa disparition au commissariat en début de soirée, son gamin n'est pas rentré après l'école...

— J'imagine qu'on lui a dit de pas s'inquiéter ?

— Probablement oui...

Van Halen saisissait l'arrière du crâne pour retourner le visage vers la lumière lorsque qu'elle fit brusquement un bond en arrière.

— Putain !

À la lumière des projecteurs, le jeune David Gomez, tout juste refroidi, tournait vers elle des orbites vides et dégoulinantes de sang.

— Merde, gémit l'inspectrice plutôt stupidement, mais où sont ses yeux ?

Vicky lui retourna un regard froid qui en disait long, et reprit son examen. Girardin, toute libido envolée, essayait de se redonner une contenance en concentrant son attention sur les alentours, tout en faisant travailler ses méninges pour trouver quelque chose d'utile à faire.

— Regarde, dit-elle, des plumes...

Quelques plumes noires, étaient dispersées sur la scène de crime, dont une engluée dans la flaque de sang.

— Intéressant..., dit Van Halen, en introduisant l'une d'elles dans un sac en plastique.

— Des plumes de quoi à ton avis ?

— Aucune idée. D'oiseau sans doute ? répondit-elle, en lui glissant un nouveau regard par en-dessous. Bon j'ai fini, le reste se passe au labo, que fait-on maintenant ?

Après un léger instant, Muriel Girardin répondit, en levant un regard inquiet vers le ciel :

— On attend le commissaire ?

3

Natif d'Afrique du Sud, Korongo faisait figure d'original, même parmi la clique farfelue qui formait l'essentiel des ornithologues en Europe. Grâce à ses contacts et au soutien de sa famille, il partit faire des études de naturaliste à Bruxelles, et finit, quelques années plus tard, par décrocher un poste d'été en tant que spécialiste au Parc Ornithologique du Teich, en Gironde. L'hiver il repartait en Afrique, suivant ainsi les migrations tout au long de l'année. Ses collègues français étaient stupéfaits de voir à l'œuvre un véritable homme de brousse, capable de rester aux aguets pendant des jours, de caresser un héron en liberté ou de faire atterrir sur sa manche certains spécimens sauvages. Ils l'appelaient "l'homme qui murmurait à l'oreille des oiseaux".

Mais lui ne s'étonnait de rien, aussi ne fut-il pas surpris de voir ce vieux commissaire de police frapper à la porte de son bureau. Le type avait l'air vraiment rincé avec son visage qui ressemblait à une vieille pomme et ses habits qu'on aurait presque pu qualifier de guenilles. Même ses yeux étaient légèrement vagues, errant d'une chose à l'autre sans vraiment se fixer. Il avait l'air un peu hésitant en poussant la porte, mais Korongo, qui savait lire les attitudes, décrypta aisément la force dissimulée dans la souplesse des déplacement. À n'en pas douter, un lion avait franchi son seuil.

Le commissaire Janvier marqua un temps d'arrêt en pénétrant dans le bureau du docteur Korongo, l'ornithologue le plus réputé du secteur. Le terme même de bureau était parfaitement exagéré, volière aurait certainement été plus approprié tant les piaillements étaient nombreux. Il y avait des cages en désordre un peu partout, une odeur de fiente vous prenait à la gorge, et nombre d'oiseaux voletaient en liberté d'une étagère à l'autre. Outre les cages, les différents meubles étaient encombrés de classeurs, livres et feuillets sans ordre apparent, d'objets divers recouverts de poussière et de duvet. Mais la pièce maîtresse de l'endroit était bien évidemment Korongo lui-même : son visage d'une maigreur extrême était comme dévoré par ses yeux, grands ouverts et légèrement hallucinés, le tout surmonté d'une coiffure afro qui semblait n'avoir pas connu de shampoing depuis de fort longues années. L'effet fut total lorsque, penchant la tête, Korongo se saisit d'un oisillon caché dans sa coiffe et le posa avec délicatesse sur le bureau. La minuscule créature, parfaitement immobile, fixait le nouveau venu d'un regard jaune et troublant.

Le commissaire, regrettant déjà sa venue, se disait qu'il ne manquait au soi-disant expert que le pagne et les plumes pour en faire un parfait sorcier zulu.

– Commissaire Alexandre Janvier, dit-il en élevant la voix pour couvrir le bruit environnant, puis-je entrer ?

– Vous venez de le faire commissaire, mais je vous en prie mettez-vous à l'aise, répondit l'ornithologue en désignant un vieux fauteuil en cuir qui laissait échapper des touffes de crin par endroit.

Janvier posa avec précaution le bout de ses fesses au bord du siège sous les yeux attentifs de l'oisillon et de son maître.

– Vous m'excuserez de ne rien vous proposer à boire mais, comme vous le voyez, le confort ici est des plus spartiates.

Balayant l'endroit du regard, le commissaire ne ressentait nul besoin de commenter cette affirmation. À vrai dire, il commençait à avoir un peu chaud.

– Bien, reprit Korongo, je vois que vous n'êtes pas un policier très loquace. Pourriez-vous m'expliquer en quoi je puis vous être utile ?

– Bien sûr docteur, répondit l'autre en se reprenant. On m'a fait savoir que vous êtes un brillant spécialiste des oiseaux, certainement un des meilleurs, et j'ai là quelque chose qui nécessiterait votre expertise, dit-il en extrayant de sa poche une enveloppe en plastique.

L'oisillon suivi l'objet du regard tandis que le

commissaire tendait l'enveloppe à Korongo par dessus le bureau. Ce dernier la saisit et observa son contenu pendant de longues secondes avant de déclarer :

– Une plume d'échassier de toute évidence. Un héron, ou une cigogne peut-être... J'imagine que si vous avez fait le déplacement c'est pour avoir des réponses précises n'est-ce pas ?

Janvier, qui transpirait légèrement sous la surveillance placide du moinillon, acquiesça en hochant la tête. Délogeant un genre de mouette grise qui s'envola en piaillant, Korongo se saisit alors d'un énorme almanach couvert de poussière, et se mit à le feuilleter avec attention. Au bout d'un moment, mettant un terme au face-à-face entre le vieux commissaire et le petit oiseau, il s'exclama :

– C'est bien ça, une plume de cigogne ! Ciconia nigra. Pas courant dans la région, mais pas impossible pour autant : certaines cigognes passent par le détroit de Gibraltar lors de leur migration. Elles remontent l'Espagne et survolent l'Aquitaine avant de gagner le nord de l'Europe. Elles ne nichent pas par ici ceci dit, mais si un jour vous leviez les yeux vers le ciel au bon moment, vous pourriez voir une formation de plusieurs centaines d'individus !

– De quoi se nourrissent-elles, docteur Korongo ?

– Elles sont carnivores, elles mangent des lézards, des grenouilles, des petits mammifères...

– Avez-vous déjà entendu parler d'une cigogne qui agresserait un humain ? Un enfant par exemple ?

Korongo tressaillit légèrement :

– Impossible ! Jamais ! Les cigognes sont réputées pour porter chance aux hommes et les protéger des dangers. En Alsace par exemple, avoir un nid sur son toit est synonyme de chance et de prospérité. C'est un oiseau très intéressant vous savez, de nombreuses légendes en parlent. Saviez-vous que les romains considéraient que les cigognes ne mouraient pas, mais s'envolaient vers des îles où elles prenaient l'apparence d'êtres humains ? Encore de nos jours en Allemagne, des vieux croient que les cigognes ont une âme...

– Hum... si c'est le cas, certaines sont bien à plaindre. Bien, merci docteur, je reviendrai vous voir si j'ai d'autres questions.

Janvier se leva, serra la main squelettique du docteur Korongo et prit congé d'un pas chancelant : cette saloperie de petit piaf l'avait épuisé.

4

– Une cigogne ?! Non mais vous vous foutez de ma gueule ?

Le préfet était rouge vif. Il fulminait en claquant sur son bureau le rapport du commissaire Janvier. Ce dernier affichait un air contrit, les mains soigneusement posées sur ses cuisses.

– Vous voulez sérieusement annoncer aux journalistes qu'un gosse s'est fait becqueter par une cigogne ? Vous allez passer au vingt heures je vous préviens ! Au zapping ! Vous êtes bon pour Vidéo Gag, Janvier !

– Ce n'est malheureusement pas un gag monsieur le préfet. Le rapport du légiste est formel, le gosse s'est fait tuer soit par une cigogne, soit par un tueur armé d'une cigogne. Tué, démembré, énucléé.

– Un tueur armé d'une cigogne ?

Il se marrait maintenant.

– Vous allez sortir de mon bureau Janvier. Tout de suite. Mais avant voici un bon conseil : faites en sorte que rien ne filtre, dites aux journalistes que c'est pour le secret de l'enquête. Si jamais cette histoire de cigogne paraît dans la presse, vous êtes fichu Janvier, vous m'entendez ? Fichu !

Le rapport du docteur Van Halen était tombé la veille. Janvier s'était rendu à la morgue de l'hôpital pour avoir tous les détails en primeur. Il avait dû louer une voiture, sa BMW étant toujours en panne, et vivait ça comme une triste injustice. Il se sentait miné par cette enquête de merde, hanté par le visage du gosse avec ses yeux arrachés, et par le regard étrangement fixe du moineau de l'ornithologue fou du Teich. L'enquête de voisinage ne donnait rien : personne n'avait rien vu, rien entendu. Le vieux qui avait découvert le corps non plus, d'ailleurs il s'en était fallu de peu qu'il succombe à un arrêt cardiaque, et la famille du gamin était sans problèmes. Sans l'ombre d'une piste, Janvier espérait sincèrement que l'autopsie allait lui fournir des éléments pour l'enquête parce que sinon ça s'annonçait plutôt mal.

Vicky Van Halen regardait s'approcher le commissaire d'un air dépité :

– Salut Alex, vous êtes sûr que ça va ? Vous avez l'air d'un zombie.

– Et vous, vous êtes fraîche comme au premier jour Van Halen. Ça doit être l'effet des chambres froides probablement.

– Pas du tout, je mange la glande pinéale des cadavres, c'est ça qui me donne un teint de jeune fille. Vous devriez faire pareil...

– Vicky. Gardez vos amusants conseils et tâchez d'éclairer ma lanterne sur la manière dont est mort ce gosse si vous voulez bien.

– Pfff... je vous ai connu plus aimable. Veuillez me suivre.

Elle l'entraîna le long des couloirs jusque dans une pièce au centre de laquelle se trouvait une table d'opération recouverte d'un drap. On devinait nettement la présence d'un corps dessous.

– Avant de commencer, je préfère vous prévenir : le cas est assez inhabituel.

– Ne perdons pas de temps s'il vous plaît. Dites-moi ce que vous avez.

– Comme vous voudrez.

Le docteur Van Halen souleva le drap, dévoilant le cadavre. Parfaitement nettoyé, il laissait apparaître les multiples blessures dont il était affligé, ainsi que les sutures de l'autopsie, propres et nettes. Alex se pencha en avant :

– Du beau travail, docteur.

Van Halen acquiesça sans mot dire, laissant le commissaire terminer son examen en silence. Outre les blessures de l'épaule et des yeux, on distinguait nettement une plaie au niveau de la poitrine entourée d'un large hématome, ainsi que de multiples coupures réparties sur l'ensemble du corps à l'exception des jambes.

– En premier lieu commissaire, l'examen toxicologique est tout à fait normal. La cause du décès est évidente, je veux parler de la plaie qui traverse le thorax. Cette blessure a été causée par un instrument pointu, long de vingt-cinq à trente centimètres au moins et dont la base non circulaire fait environ quatre centimètres de large. Cet objet a percé le dos du gamin et est ressorti par la poitrine en traversant le cœur. La mort a été instantanée. Les autres blessures sont quasiment toutes post-mortem.

– Quasiment ?
– Oui. Regardez les coupures présentes sur le tronc et les épaules, elles sont très intéressantes. D'abord elles ont presque la même forme, certaines sont plus allongées mais elles se ressemblent. Ensuite elles ont toutes été faites après la mort, sauf huit.

Van Halen alla décrocher une photo du mur.
– Regardez. Ces quatre blessures sur l'épaule, elles dessinent une sorte de losange. Et on retrouve les quatre mêmes sur l'autre épaule. Ces huit là ont été faites avant que le cœur ne soit perforé, juste avant. Alex se pencha encore un peu plus sur la photo.

– Oh mon Dieu, on dirait... on dirait...
– On dirait des traces de griffes, commissaire. Des griffes animales si vous voulez mon avis.

Janvier avait plaqué la main devant sa bouche et regardait Van Halen comme s'il ne pouvait pas croire ce qu'elle disait.

– J'ai établi un diagramme avec toutes les blessures. On peut regrouper avec exactitude toutes les plaies en suivant ce schéma de quatre. Les écartements correspondent, je veux dire ils correspondent tous ! Il n'y a aucun doute.

Le commissaire garda le silence un moment, la main toujours plaquée sur sa bouche. Au bout d'un moment il dit :

– Autre chose ?
– Oui, répondit la légiste en soupirant. La blessure de l'épaule a été faite à l'aide d'un instrument en forme de tenaille. Pas très aiguisé mais assez tranchant tout de même, et manié avec suffisamment de force pour que l'assassin ne s'y soit pas repris à plus d'une dizaine de fois pour trancher l'articulation. C'est pareil pour les yeux : c'est pas du chirurgical, mais c'est sacrément efficace comme méthode...

Janvier était comme pétrifié. Le scénario qui se formait dans son esprit ne lui plaisait pas du tout.

– Vous pensez la même chose que moi, Vicky ?

– Vous voulez que je vous dise ce que je pense, commissaire ? Franchement ? Je pense que ce gamin marchait tranquillement dans la rue quand un genre de ptérodactyle géant lui est tombé dessus et l'a plaqué au sol par les épaules. Une fois par terre il lui a perforé le cœur avec son bec puis lui a tranquillement bouffé les yeux et a emporté un bras pour le quatre-heures. Voilà ce que j'en pense.

— Un ptérodactyle ? Vous êtes dingue, Van Halen ?

— Ça ou un pigeon mutant pour ce que j'en sais... Mais ce gamin présente tous les signes de quelqu'un qui s'est fait attaquer par une bête sauvage, avouez-le.

— C'est... assez troublant effectivement. Pas un mot là-dessus, docteur, gardez le silence.

— Tout est dans le rapport, commissaire. Une dernière chose, j'ai retrouvé dans l'épaule un minuscule fragment qui pourrait provenir de l'instrument qui a servi au meurtre. À première vue on dirait de l'os, je l'ai donné au labo pour analyses.

— Merci Vicky, vous êtes la meilleure.

— De rien commissaire. Et soignez-vous, vous êtes tout pâle...

5

Sur la route du Teich, l'inspectrice Muriel Girardin cachait sa contrariété derrière une bonne humeur de façade. Après tout il faisait beau et c'était la route de la plage, tout ça avait un air de vacances. N'eût été le meurtre du gamin bien sûr, et les multiples tâches subalternes que lui avait confiées le commissaire. L'enquête de voisinage s'était révélée particulièrement décourageante. La plupart des gens se calfeutraient chez eux à la seule vue de l'uniforme, et les rares qui avaient ouvert leur porte n'avaient rien apporté d'utile. Finalement, cette course en dehors de la ville n'était peut-être pas une si mauvaise idée. Elle glissa un cd dans l'autoradio et se détendit. Le commissaire lui avait demandé d'aller voir un ornithologue pour lui montrer les photos des blessures trouvées sur le corps du jeune Gomez. Il semblait avoir un problème avec l'expert, et comme sa voiture était en panne, c'était elle qui s'y collait.

Le docteur Korongo l'attendait d'un air sombre derrière son bureau. Girardin ne s'attendait effectivement pas à ça, le personnage étant pour le moins... déroutant. Pas étonnant que le commissaire n'ait pas accroché, surtout s'il lui avait fait le coup du petit oiseau caché dans sa chevelure...

— Ooooh mais qu'il est mignon ! dit-elle en se saisissant d'autorité du minuscule volatile posé sur le bureau.

Korongo tressaillit. Girardin caressait l'étrange oiseau du doigt, ravie, et ça n'avait pas l'air de trop plaire à son maître.

— Vous croyez que je peux le poser sur ma tête moi aussi ?

— Vous devriez le remettre sur le bureau mademoiselle. Pourriez-vous me montrer les clichés dont vous m'avez parlé au téléphone s'il vous plaît ?

— Bien sûr, bien sûr, répondit l'inspectrice avec l'oiseau agrippé dans les cheveux. Regardez comme il a l'air content !

Elle farfouillait dans son sac à la recherche de l'enveloppe contenant les photos de l'autopsie.

— C'est quoi comme race ?

— C'est un authentique uirapuru, l'oiseau sacré des indiens guarani, répondit Korongo sans cacher son agacement. La légende raconte qu'il fut autrefois un guerrier d'une beauté exceptionnelle dont étaient amoureuses toutes les jeunes femmes. Hélas un sorcier jaloux l'a un jour changé en oiseau. Il chante très rarement, mais on dit que celui qui l'entend chanter ne serait-ce qu'une fois verra sa vie prolongée. Vous devriez vraiment le reposer maintenant vous savez, il est très rare, très précieux.

– Ah ! Voici les photos, répondit l'inspectrice en l'ignorant complètement. Le commissaire pense que les marques sur le torse pourraient avoir été faites par un oiseau, fit-elle en soulevant un sourcil et en lui montrant les diagrammes du légiste.

– Voyons ça... Hum ça a l'air de correspondre effectivement. Vérifions...

Il se saisit d'une règle et entreprit de mesurer l'écartement entre les différentes plaies, puis se mit à griffonner sur un bloc-notes tandis que Girardin s'amusait avec l'uirapuru.

– Effectivement ça coïncide parfaitement avec les traces qu'aurait pu laisser une cigogne. C'est incroyable.

– Une cigogne ? Mais c'est gentil les cigognes ! Elles sont censées apporter les bébés, non ? Comment une cigogne pourrait-elle devenir agressive au point d'attaquer un enfant ? La rage ?

– Les oiseaux ne peuvent pas contracter la rage...

Korongo tapotait des doigts sur son bureau. L'uirapuru le fixait depuis le sommet du crâne de son interlocutrice.

– J'aurai bien une idée, mais ça risque de vous paraître étrange.

– Je vous écoute, docteur, allez-y.

– Je vous dirai mon idée uniquement si vous ôtez cet oiseau de votre tête.

Soupirant, Girardin descendit l'uirapuru de sa tête, mais le garda bien calé sur ses cuisses.

– Voilà vous êtes content ? Votre histoire maintenant s'il vous plaît.

Korongo s'exécuta de mauvaise grâce :

– Très bien. Mais ensuite vous me rendez cet oiseau d'accord ? Bon. Il est possible pour un sorcier puissant d'accéder à l'esprit d'un animal, de ressentir ses sensations, voir ce qu'il voit, etc... Le processus est délicat mais généralement sans grandes conséquences. Néanmoins, il existe un cas de figure où cette action change fondamentalement le caractère de l'animal, celui-ci devenant extrêmement agressif, et le sorcier pris à son propre jeu ! Il suffit pour ça qu'un deuxième sorcier ait secrètement marabouté l'animal auparavant : l'esprit du pauvre homme se retrouve alors prisonnier dans la tête de l'animal, lequel est pris de folie furieuse et devient un garou.

– Un garou ? Vous voulez dire que nous pourrions avoir affaire à une cigogne-garou ? dit l'inspectrice, visiblement inquiète.

– Oui c'est possible, répondit Korongo en faisant le tour du bureau. Et maintenant vous allez poser l'uirapuru. Tout de suite !

– Mais enfin, fichez lui la paix à cet oiseau !

Ils étaient face à face, se défiant du regard, et l'uirapuru choisit ce moment-là pour se mettre à chanter. Il fit d'abord comme un bruit de canard puis une douce mélodie s'éleva. Korongo et l'inspectrice Girardin étaient stupéfaits.

– Oooooh ! Vous croyez que je vais vivre plus longtemps ?

– Ça ne marche pas à tous les coups, répondit Korongo, et il lui enfonça un poignard en pleine poitrine. Jusqu'à la garde.

6

Le commissaire Janvier faisait les cent pas devant le garage automobile, attendant avec anxiété que le mécano en ait fini avec sa voiture. Les mégots s'entassaient sur le trottoir comme devant une salle d'accouchement. Ça le rendait malade de savoir qu'un autre type mettait ses doigts sous le capot de sa BMW, mais impossible d'y couper. Au bout d'une attente interminable, le mécanicien referma le capot et fit à Janvier, qui grinçait des dents :
— Si tout va bien elle devrait démarrer...
— Ah. Et ça vous est déjà arrivé à vous que tout aille bien ?
— Essayez donc, dit-il en lui tendant les clés.
Contre toute attente, le moteur démarra au quart de tour. Janvier put se détendre un moment en écoutant le ronronnement des cylindres, les yeux fermés et les mains posées sur le volant. Le soulagement allait toutefois être de courte durée.
Il n'avait pas de nouvelles de Muriel Girardin depuis douze heures. Son travail était capital, Alex avait absolument besoin de l'expertise de

l'ornithologue et aucun des deux ne répondait au téléphone. Il commençait à être très inquiet, ce n'était pas son style de laisser un boulot en plan. Il se rendait chez elle lorsque son téléphone sonna : un nouveau meurtre avait été commis, semblable au premier. Il n'y avait pas une minute à perdre, Janvier fit demi-tour et mit les gaz.

Arrivé sur les lieux, il gara avec précaution sa voiture fraîchement réparée à l'écart des badauds. Un véritable attroupement s'était formé le long des cordons de sécurité installés dans l'urgence, et les agents de police avaient le plus grand mal à tenir cette petite foule à distance. Janvier avisa le commissaire Martinez et le prit à part pour faire un point sur la situation.

– Alex ! Ah ben tu tombes bien toi !

– Généralement quand on me dit ça, c'est qu'il y a un paquet d'emmerdes à la clé Martinez, grimaça-t-il, et me dis pas le contraire.

– Oh que non. Si j'avais su ce matin que j'aurais toute cette merde sur les bras, je serais resté bien planqué dans mon lit.

– Je me sens moins seul d'un coup. Donne les détails s'il te plaît.

– Il y a une heure environ des témoins ont appelé pour signaler qu'un genre de grand oiseau avait attaqué la fille de leur voisin. Ils ont tout vu. Leur fils a même filmé la scène avec son téléphone. Regarde !

Ramirez lui tendit un portable et appuya sur play.

Au début, la vidéo ne montrait rien d'intéressant. La scène se déroulant sur une terrasse filmée d'en-bas, on ne distinguait pas grand chose. Mais soudain, un grand oiseau prit son envol et, sortant du cadre, disparut en une fraction de seconde. Une cigogne. Une putain de cigogne couverte de sang...

– Arrêt sur image, regarde bien.

Sur l'image arrêtée, la cigogne prenant son envol était parfaitement visible. Serré dans une de ses pattes, un avant-bras mal découpé, et dans l'autre, un quelque chose de plus petit.

– Les yeux, précisa Ramirez.

– Putain c'est à peine croyable. Cette saloperie d'animal a déchiqueté deux gamins en deux jours, fit Alex. À ce rythme là, ça va être la panique avant la fin de la semaine.

– Bien avant Alex. Dès demain cette photo sera dans tous les journaux.

– Tiens, voilà la maîtresse de cérémonie...

Vicky Van Halen faisait son entrée, suivie par un cortège d'assistants.

– Ah. Quel charmant tableau, commença-t-elle, voici réunis deux illustres représentants de la sécurité publique. Les affaires se portent bien à ce que je vois...

– Toujours aussi amusante Van Halen, fit

Ramirez, venez donc voir le cadavre de la petite fille là-haut, on verra si vous avez toujours envie de rire...

Janvier, qui ne goûtait qu'assez peu la vue des cadavres, décida d'aller sonder les témoins et de faire évacuer cette foule qui gesticulait devant la résidence. Il verrait le rapport de la légiste bien assez tôt demain.

La première personne qu'il interrogea, lui jeta au visage en postillonnant :

– C'est vous la police ? Et vous faites quoi pendant que nos enfants se font bouffer ? Vous vous branlez ou quoi ? fit-elle en se mettant à hurler. Des branleurs, voilà ce que vous êtes ! Connards !

Janvier la fit coffrer, pour faire bonne mesure. Ça s'annonçait mal.

Quelques heures plus tard, dans le bureau du préfet, Janvier exposait les dernières avancées de l'enquête, mettant en bonne place la photo de la cigogne prise dans l'après-midi. Son interlocuteur posa les coudes sur son bureau, et plongea son regard dans les yeux du commissaire.

– Si je comprends bien, les oiseaux attaquent la ville c'est ça ?

– Pas tout à fait, monsieur le préfet, pour

l'instant rien n'indique que nous ayons affaire à plus d'un animal.

– Mais vous n'en êtes pas sûr. De plus, s'il a été rendu fou par une sorte de virus, celui-ci pourrait très bien contaminer d'autre oiseaux, voire même la population, vous n'en savez rien non plus, n'est-ce pas ?

Alex n'avait rien à répondre, alors il se tut.

– Vous allez devoir agir très vite, Janvier. Dès demain la ville sera sens dessus dessous. Si vous ne savez pas de quoi est capable une foule qui prend peur, vous allez vite le découvrir.

Le commissaire, qui n'avait pas été loin de se faire écharper par un groupe de mères de famille hystériques quelques heures à peine auparavant, voyait à peu près de quoi il en retournait.

– Il faut renforcer la présence policière dans les rues pour rassurer la population et aider à maintenir l'ordre.

– Parce que vous croyez vraiment que voir un flic rassure nos concitoyens ? Ne changez rien Janvier, vous êtes parfait.

– Monsieur le préfet, j'ai quelques idées à vous soumettre si vous voulez bien, fit le commissaire en grimaçant.

Le préfet s'enfonça dans son fauteuil en soupirant. Quand Alex eut fini, il s'exclama :

– Vous faites vos courses ou quoi Janvier ? Vous allez vous en occuper tout seul comme un grand ! Et en attendant vous allez envoyer un communiqué à l'AFP, histoire de couper l'herbe sous le pied des journalistes, et annoncer une conférence de presse pour demain après-midi. Bien entendu je vous recommande fortement de descendre cet oiseau avant de rencontrer la presse, sinon c'est vous qui vous ferez descendre...

7

Le lendemain matin, Janvier retrouva Vicky Van Halen à la morgue. Après les salutations d'usage, elle lui fit un rapide topo :

– À l'exception du bras qui a été sectionné au niveau du coude et non de l'épaule, les blessures sont absolument semblables et ont très probablement été faites par le même oiseau. J'ai mesuré la taille des pattes, elles sont rigoureusement identiques pour les deux cadavres.

– Le même oiseau donc.

Vicky acquiesça.

– Des nouvelles de Girardin, demanda-t-elle ?

– Pas la moindre. J'allais me rendre chez l'ornithologue chez qui elle se allait aux dernières nouvelles. Bizarrement lui aussi est injoignable.

– Ça vous ennuie si je vous accompagne ? Je n'ai plus rien à faire ici.

– Vous voulez monter dans mon bolide ? Vous n'avez pas froid aux yeux Van Halen.

– Pour un légiste, ce serait un comble, avouez-le !

Le journal titrait : "L'OISEAU DE LA TERREUR", avec certainement les caractères les plus gros qu'avait l'imprimeur à sa disposition, et avec la photo de la cigogne en première page. Vicky lisait à voix haute : "La police recommande aux parents de ne pas laisser leurs enfants sans surveillance", "Un numéro d'appel mis à disposition", "Les tireurs d'élite du RAID sont attendus"...

– C'est vous tout ça ?

Alex hocha la tête.

– Ben dites donc vous avez pas chômé cette nuit !

Nouveau hochement de tête. Son téléphone se mit à biper. Alex décrocha et, au bout de quelques secondes freina subitement.

– Ok j'y vais tout de suite, dit-il au bout d'un moment.

Et il fit demi-tour en appuyant à fond sur l'accélérateur.

– Toutes mes excuses, on va aller faire un tour à la Cité Administrative. Les employés ont remarqué une cigogne qui fait des allers-retours depuis quelques jours.

Après un silence, il reprit :

– Ça commence à être le bazar en ville. Des fous furieux ont tué les canards du jardin public, vous y croyez ? D'autres s'en prennent aux pigeons.

Il semblerait que des milices de protection s'organisent...

Vicky Van Halen ouvrit de grands yeux et se cramponna à son siège sans rien dire.

La Cité Administrative était un ensemble de deux tours hautes chacune d'une centaine de mètres. Alex et Vicky se présentèrent à l'accueil et se firent accompagner sur le toit de la tour la plus haute. En débouchant de l'escalier de service, ils avaient une vue sur l'ensemble de la ville, mais ils eurent beau regarder, aucune cigogne à l'horizon. Sur le toit proprement dit, ils ne virent que des tuyaux, antennes, systèmes de climatisation et quelques locaux techniques, rien d'intéressant. Vicky reniflait d'un air contrarié.

– Redescendons, vous allez prendre froid Van Halen.

– Non, non attendez, répondit-elle. Vous sentez cette odeur ?

Janvier secoua la tête. Exposé en plein vent sur le toit de cet immeuble, il ne sentait rien du tout.

– Vous me décevez. Je reconnaîtrais ce parfum entre mille.

Baissant la voix, elle lui dit :

– Ça sent la charogne commissaire...

Fronçant les sourcils, il se mit à observer les alentours plus minutieusement. Vicky tentait de suivre son odorat.

– Par ici commissaire, l'odeur devient plus

forte on dirait. Je parierais qu'il y a un animal mort là-dedans, fit-elle en désignant du doigt un réduit sans porte.

Alex s'approcha. Il sentait effectivement une odeur douceâtre, et légèrement écœurante. Il passa la tête par l'ouverture, mais il faisait trop sombre, il voyait bien quelque chose sur le sol mais c'était tout. L'odeur en revanche était bien plus forte.

– Attendez, j'ai une lampe fit Vicky en fourrant la main dans sa poche. Je vais nous éclairer.

En appuyant sur le bouton, la lumière inscrivit sur leurs rétines une image qu'ils n'oublieraient jamais.

Enchevêtré de manière vaguement circulaire il y avait là un assemblage de membres humains, dans un état de décomposition plus ou moins avancé. L'ensemble évoquant une sorte de nid. Les plus anciens étaient en-dessous, quasiment réduits à l'état d'ossements, comme si les membres avaient été empilés à cet endroit pendant des années. Sur le dessus, des bras encore frais, encore rouges. Alex se rapprocha en reconnaissant la manche d'un uniforme de police de laquelle dépassait une main manucurée.

– Putain de dieu, c'est le bras de Girardin !

Il retint un haut le cœur, pas très loin de se sentir mal. Portant son regard plus avant, ce qu'il vit lui glaça le sang dans les veines : au centre de l'horrible assemblage, imitant les œufs d'un oiseau de cauchemar, se trouvaient les yeux des enfants...

C'en était trop, Alex ressortit précipitamment,

le cœur battant et les mains tremblantes. Son portable vibrait depuis un moment lorsqu'il se décida à prendre la communication.

– Allô, fit-il d'une voix blanche.

Quelques instants plus tard, il saisissait Vicky par la manche et lui lança :

– La cigogne a été signalée à l'école Alphonse Dupieux ! On fonce !

Ils redescendirent les marches quatre par quatre et s'engouffrèrent dans la voiture. Démarrant en trombe, il s'inséra dans la circulation et enfonça l'accélérateur. La BMW bondit en rugissant, et Vicky qui avait pourtant l'estomac bien accroché, pâlit légèrement. Heureusement le trafic était assez fluide, la distance qui les séparait de l'école diminuait rapidement. Soudain elle tendit un doigt à travers le pare-brise et cria :

– Là ! Regarde !

Haut dans le ciel, un oiseau à la forme aisément reconnaissable planait au dessus de la ville. Plissant les yeux, le commissaire le prit en chasse.

8

Les pneus de la BMW crissaient sur l'asphalte. Janvier, les mains crispées sur le volant, zigzaguait entre les voitures, le pied au plancher tandis que Vicky lui criait des indications. Elle se penchait à travers la fenêtre de l'habitacle, scrutant le ciel pour essayer de repérer l'oiseau tueur dans le ciel.

– À droite, à droite !

Un poids lourd faillit les percuter à un embranchement et la voiture partit en dérapage en plein carrefour. Vicky fut projetée contre Janvier qui stabilisa le véhicule dans la fumée des pneus et le bruit des klaxons, remettant aussitôt les gaz pour repartir de plus belle. D'une pichenette il ouvrit la boîte à gant et en sortit un petit automatique qu'il jeta sur les genoux de Van Halen :

– Prenez ça, dit-il, ça peut servir. Vous savez l'utiliser ?

Vicky acquiesça en vérifiant le cran de sûreté.

– On dirait qu'il se dirige vers la Cité Administrative !

— Parfait, répondit-il, je connais un raccourci ! Accrochez-vous !

Accélérant encore il tourna brusquement à gauche par l'arrière d'un supermarché et ressortit à l'autre bout par l'aire de livraison directement sur les boulevards, à contresens. Vicky hurlait en se cramponnant de toutes ses forces, mais par chance la BMW ne toucha aucune voiture et bondit par-dessus le terre-plein central pour se remettre dans l'axe. La Cité Administrative était droit devant.

— Vous l'avez vu ? demanda-t-il.
— Non, je l'ai perdu !
— Tant pis on y va !

Au moment de franchir la grille, ils percutèrent de plein fouet un automobiliste qui sortait. Le choc fut terrible, toutes les vitres explosèrent dans un fracas de tôles froissées, l'avant de la BMW se repliant comme un accordéon. Alex recouvrant rapidement ses esprits se tourna vers Vicky dont la tête avait enfoncé le tableau de bord.

— Ça va Vicky ?
— Uuuunnngggghh, fit-elle en tournant les yeux vers lui, le visage en sang.
— Restez là ! dit-il en s'extrayant de la BMW fumante.

Il jeta un regard furibond au type dans l'autre voiture et lui lança :
— Ma voiture ! Espèce de connard ! avant de partir en courant vers l'entrée du bâtiment.

Brandissant sa carte tricolore, il se précipita

vers les ascenseurs et appuya frénétiquement sur le bouton d'appel sous le regard ahuri des fonctionnaires. Lorsque la cabine arriva enfin, il s'engouffra dedans en enfonçant le bouton du dernier étage. Dans la glace, il n'était pas beau à voir : il avait des débris de verre dans les cheveux et du sang lui coulait sur la joue. Il sortit son 9mm parabellum, vérifia le chargeur et enleva le cran de sécurité.

À l'ouverture des portes, il bondit dans l'escalier de service qui montait sur le toit du bâtiment, enchaînant les marches à toute vitesse. Débouchant à l'air libre, il parcourut prudemment l'espace du regard, revolver pointé en avant, sans rien apercevoir ni personne. Le cœur battant à tout rompre, il s'avança silencieusement vers le réduit qui abritait l'immonde tas de chair putréfiée. Se rapprochant pas à pas, il allait risquer un œil lorsqu'il sentit tout le côté droit de son visage exploser. Il partit à la renverse en tournant sur lui-même, la douleur irradiant instantanément dans toute la tête. Tombant sur les fesses, il ouvrit l'œil gauche, le droit refusant d'obéir, et entrevit Korongo maniant une énorme barre de fer. Il avait l'air de bien se marrer, sautillant sur place et ricanant. Ravalant ses larmes, Alex releva son arme dans une tentative d'aligner son ennemi quand un second coup lui fracassa la main. Le revolver s'envola vers le parapet en tournoyant, hors de portée. Korongo lui assena un nouveau coup dans les côtes cette fois. Alex les entendit craquer en hurlant.

– Arrête Korongo, hoqueta-t-il, les renforts arrivent, tu ne pourras pas t'échapper !

– Ils ne peuvent rien contre moi, pauvre imbécile, éructa l'ornithologue fou en jubilant, rien !

Et, prenant son élan, il abattit son gourdin sur les jambes du commissaire. Janvier tenta de se protéger avec sa main valide, mais en vain : il entendit son fémur se briser avec un bruit sec. La douleur fut telle que son cri resta bloqué dans sa gorge.

– Mais je vais t'accorder une faveur, policier de mes deux...

Korongo laissa tomber sa barre de fer, marcha tranquillement vers le bord du toit et ramassa le pistolet d'un geste nonchalant.

– Je vais abréger tes souffrances, dit-il en braquant l'arme droit sur le commissaire.

Janvier ferma les yeux, sa dernière heure avait sonné. Trois détonations retentirent quasi simultanément. À sa grande surprise Alex était toujours en vie. Il ouvrit un œil juste à temps pour voir Korongo basculer dans le vide. En haut des escaliers, tenant le petit automatique encore fumant, se tenait Vicky Van Halen. Elle venait de lui sauver la vie.

Au pied de l'édifice se tenait une grande femme à la peau noire d'ébène. Les yeux flambant de colère, elle jeta un dernier regard sur le corps de son mari, pinça les lèvres et s'éloigna en serrant les dents. Un petit oiseau la suivait.

À suivre...

RETROUVEZ LA SUITE DES AVENTURES DE VICKY VAN HALEN ET DU COMMISSAIRE JANVIER DANS « ISHIA » !

BIENTÔT DANS LES BACS !